문학과지성 시인선 521

놀이터

류인서 시집

문학과지성사

문학과지성사에서 펴낸 류인서의 시집

신호대기(2013)

문학과지성 시인선 521

놀이터

펴 낸 날 2019년 1월 18일

지 은 이 류인서
펴 낸 이 이광호
주   간 이근혜
편   집 박선우 이민희 조은혜 김필균
펴 낸 곳 ㈜문학과지성사
등록번호 제1993-000098호
주   소 04034 서울 마포구 잔다리로7길 18(서교동 377-20)
전   화 02)338-7224
팩   스 02)323-4180(편집) 02)338-7221(영업)
전자우편 moonji@moonji.com
홈페이지 www.moonji.com

ⓒ 류인서, 2019. Printed in Seoul, Korea

ISBN 978-89-320-3513-0 03810

이 책은 서울문화재단 '2018 창작집 발간지원사업'의 지원을 받아 발간되었습니다.

이 도서의 국립중앙도서관 출판예정도서목록(CIP)은 서지정보유통지원시스템 홈페이지
(http://seoji.nl.go.kr)와 국가자료공동목록시스템(http://www.nl.go.kr/kolisnet)에서
이용하실 수 있습니다. (CIP제어번호: CIP2019001247)

문학과지성 시인선 521

놀이터

류인서

시인의 말

언어의 블라인드 틈으로

2019년 1월
류인서

놀이터

차례

시인의 말

1부

감정선

대류의 모서리에 부딪치면서 방향을 바꿔 흐르는 해
류. 죽은 파도가 쌓인 초록 해안선을 따라 두 발의 변온
동물군群이 이동하고 있다. 물살 센 작은 섬의 어부들은
밤새 바다가 달아나지 못하도록 그물의 긴 끝을 바닷가
큰 바위에 단단히 묶어두고 있었다. 바위 위에 앉은 해녀
들이 긴 호흡 느린 곡조의 노래를 부르는구나. 너도 잠수
부처럼 배를 버리고 물결치는 물의 어둠 안으로 들어간다.

빵 굽는 편의점

초승달 크루아상은 아직 덜 구워졌다
시간 여행자처럼
어떤 이는 좀더 머물고 어떤 이는 서둘러 떠난다

맛을 과장하며 구애하는 냄새들,
계산서를 굽지 않고
창가에서 마감 직전의 잡문을 쓰거나
모차르트처럼 그늘 없는 음표로 '버터 바른 빵'을 굽
는 이도 있겠지

발포비타민 아닌 구운 햇빛 알갱이를 달라는 건
봄날의 주문
까맣게 구운 손으로 은화를 구걸하는 이도 있다
편의점 아줌마가 꺼내는 별 모양 쿠키에는
대추야자 씨앗을 닮은 초콜릿이 박혀 있다

강아지 콧등에서 하품이 구워진다
간혹 밤의 라디오가 구워주는 음악 편지가 빵 속보다
촉촉하다

아줌마의 오븐 바닥에 눌어붙기도 한다

이 유리창은 젖은 것부터 먼저 구워낸다고

빗방울 마른 얼룩이 불똥으로도 보인다고, 중얼거린다

여의도

침실이 있다 묻지 마 관광의 마이크가 있다 아침의 낙종과 한밤의 쪽대본이 있다 다시 보기가 가능한 빨강 버튼 채널이 있다 그림자극을 따라가는 동선이 있다 프리메이슨 비밀 클럽이 있다 음모론이 있다 불빛 환한 암전이 있다

손 닿지 않는 스위치가 있다 비상구로 통하는 만능 알약이 있다 핀치 히터의 물방망이가 있다 금일 휴업 식당이 있다 도시락을 든 배달부가 있다 식전과 식후를 구분 못 하는 공복이 있다 스캔들을 기다리는 단물 빠진 단껌이 있다 침대 밑에 대기하는 구토물 수거인이 있다 거울 낭떠러지에서 건진 배우의 붉은 입술이 있다 꽃피는 헌사가 있다 헌화가가 있다

운집한 암표상이 있다 엿장수의 가위 소리 약장수의 북소리가 있다 나팔수가 있다 벽장 속 율법과 타다 만 양초가 있다 앵무새가 태어나는 뻐꾸기 둥지가 있다 있고 있다 박제된 발제가 있다 아무도 없다

아무도 없는 이곳을 누구는 비대한 바람의 퇴적지라 부른다 무풍지대라 부른다 김치 치즈 카메라를 피해 섬 밖으로 날아가는 풀씨가 있다 낮은 풀잎으로 자라는, 섬

이 모르는 땅속의 초록 섬이 있다 폐쇄화閉鎖花였나 흙
아래 작은 꽃 피우는 젖은 눈이 있다

소경

일반 초상화였다, 내가 본 것은.
검은 머리칼 아래
부서진 기억과 감정의 사계를 죄 걷어버린 듯한 눈이
있었다.
미간이 넓은 밤의 얼굴,
화산재 속에서 부화한다는 무덤새의 알을 닮은 얼굴이
었다.

멀기도 하네, 눈과 눈.
별과 별 사이의 항성 거리가 떠올랐다.
달인지 흉터인지가 이마에서 녹아내렸다.

채광을 위해 조금
창을 움직였다.
침몰한 함선에서 백 년 만에 깨어난 금화처럼
빛을 지킨 눈.
그런 눈이 나를 보았다.
빙하의 물결무늬가 내게 생겼다.

다른 침묵을 해석하려

성질 급한 안경이 덜컹거린다.

잠이 꿈을 지키는 동안

나는 마음의 육체성을 따라가보려 한다.

느린우체통에 맡긴 엽서 걸음일 테다.

들리는 바로 그는 오래된 별빛을 수집하는 이라 한다.

싱크홀

달을 주홍빛 음문이라고 쓴 시인이 있다.
  지금 우리에겐 진하고 따뜻한 피를 홀리는 신이 필요
하다 말한
  그녀의 검은 땅, 검은 몸을 생각했다.

  달을 본다.
  우리가 가진 것은
  버린 트렁크처럼
  상한 양파 비린내 머금은 달,
  숨은 지배자의 남은 모자처럼
  검푸른 어둠을 방전하는 입이다.

  달빛 얼룩은 이 거리의 오랜 복식이고
  우리는 치마 속에 감춘 것이 많다지.
  선신이 태어나기에도
  짐승이 태어나기에도 좋은 지금이라고

  수다스러운 거리는
  피의 비밀을 서둘러 지우러 간다.

읽히기도 전에 무가지無價紙처럼 버려져 사라지는 울음.

불빛이 어둠을 파먹는 동안
달의 찢어진 입술이
공회전하는 거리를 삼키는 동안

놀이터

여기서 만났을 거다 우리
미끄럼틀과 시소, 혼자 흔들리는 그네, 생울타리에 기
댄 작은 청소 수레가 속한
모래의 세계

이쪽 기울 때 너는 떠올랐니
우리는 평균대가 아니어서
균형점을 앞에 두고 나뉘어 앉는 세계
시소는 약속이 아니어서
잽싸게 무게를 버리며 달아날 수 있다
떠 있는 빈자리와 쏟아지는 이의 우스꽝스러운 엉덩
방아,
이것은 갑에게서 가볍게 을이 생략되는
저울 놀이

데워진 모래는 한결 기분이 좋다

굴을 파고 두더지 놀이를 하면
구근 대신 손을 묻어둘 수 있다

꽃과 쓰레기 장난감 블록들

싹 트는 경작지

원통의 미끄럼 터널 속으로 청소부처럼 사라지는, 나
쁜 공기처럼 빨려 나오는

아이들

굴뚝을 지나는 그을음 묻은 해

바짓단에 떨어지는 해변

꽁초와 휘파람,

아무래도 이곳은 빌딩 창문에서 더 잘 보이는

어른들의 세계

토르소로 떠다니는 구름 우주복

잠깐 나타났다 지워지는 그림자들 숨소리들

늙은 쿠마리

오늘이 네 방랑 끝 날이라면 날 보러 와줘
꽃과 쌀과 동전 없이 빈손으로 와
빈방 낡은 꽃병처럼 놓여
나는 육십 년 째 신을 앓는 아이,

의심 가득한 네 눈은
스모키 화장 요란한 내 눈을 들여다보겠지
나는 이마 가운데 붙인 세번째 눈으로
나를 읽는 법을 네게 알려줄 테고,
그것은 그저 가만히 나를 바라보거나
내가 바라보아주기를 말없이 기다리는 것

몹쓸 직업병이네, 비웃어도 좋아
초록을 건너 열매를 익히는 바람도 내게서 신을 벗겨
가진 못했어
소원을 빌거나
기도를 바치는 대신
네 입속말로 나를 엄마,라 불러주면 좋겠어
그것으로 특별한 순간

나는 슬픔도 기쁨도 아닌 눈빛으로
네 이마에 손을 얹을게
창턱에 내려앉는 이 햇빛만큼만
나는 네 영혼을 들어 올려줄 수 있을 거야

소똥으로 빵을 구워 파는 소년의 손과
마른 웅덩이 돌아 물 길으러 가는 늙은 양동이의 목마
름을 말해줘
모래 기둥 사이로 저무는 해를 따라가는
너의 생활을 내게 들려줘

신발 끈을 매고 다시 길 나서는 너를 맨발로 따라가고
싶어
네 그림자 길이만큼 떨어져 걸을게 나는, 딸의 뒤를 따
라가는 엄마처럼

도상圖像

성당 길 도로변에서 한 남자가 성화를 팔고 있네요
백열의 사랑에 관해서라면 나는 아는 바 없다는 표정이
지만
    가슴에 화살이 박혀 죽어가는 액자 안의 수호성인은
고통보다 아름다운 몸을 가졌습니다

    처녀 아이 둘이 순교자의 건강한 누드를 폰카에 담습
니다
    조리갯값이 지워진 나의 눈은 그녀들을 담습니다

    같은 시각 여기에서, 또 저기에서 발견되는 숨은 신은
이름이 없으니
    그녀들과 나를 그냥 햇빛사원의 이교도라 불러봅니다

    바람이 도망가 숨은 산책자의 손지갑에서 더위가 쏟아
집니다

희생

어떤 아침은, 아침임을, 속죄하고 싶어 한다.

그런 날은 마음 울에 가둬 기르던 양 한 마리 거친 들판으로 내몬다.

닦을수록 커지는 얼룩들의 창에는

산문적으로 두꺼워지는 안개와 안개가 만드는 묽은 풍경,

시든 예언처럼 쉽게 풀어져 창문마다 입술을 주는 배고픈 고백들,

불탄 나무 우듬지에서 새소리가 태어날 때

쫓겨난 숫양이 빈 들을 위로할까.

뾰족 파도를 닮은 초록 뿔이 그 양을 키워낼까.

종소리를 찾아 종탑으로 올라간 마을 아이들

돌아오지 않는데

정객

오늘 씨를 부르면 나요, 하며 나타나는 어제 씨의 손
어제 씨와 오늘 씨는 시제가 바뀐 장소였네
눈길에 미끄러지고 추억에 쫓기는 거리
탈출에는 모험과 액션이 길이겠지만
길고양이는 건물 옥상 빨랫줄에서 부적처럼 다정히 말
라가는 세 마리 물고기를 꿈꾸겠지

바람은 어디서 바람과 만나 기다리는 바람을 낳나
슬쩍 열리는 바람 포켓은 겉씨식물과 속씨식물의 숲
번식과 복제에 흉허물이 없다 우기네
숲의 입구에서 죽은 봄이 남은 꽃을 들고 계절을 흥정
한다

다른 장소에서 들려오는 폭발음
꿈이군 꿈이야, 추억의 잔해가 들것에 실려 나간 공터
는 쓸 만한 망명지라지
거리는 짝짝이 신발 신은 마네킹의 손을 잡고
게임의 끝까지 달린다 하네
또 다른 오늘 씨는 막, 커피 잔은 빠져 죽기엔 너무 작

다*는 문장에서

  빠져나오는 중

* 볼프강 보르헤르트, 「뭐라고 말할 수 없는 커피 맛」(『이별없는 세
대』, 김주연 옮김, 문학과지성사, 2000)에서.

열 시 십 분들

열쇠가 열리지 않아,라는 a의 말
열 시가 열리지 않아,로 들었다
계단 벽시계는 열 시 십 분,*
발자국들 바다 학교 가고 혼자 차지하는 방
열 시 십 분은 나에게
이국의 단정한 해안선이 된다

b백화점 광고 벽에는
다이아몬드 시계판으로 가면을 만들어 쓴 남자가 있
었다
늙지 않는 미소의 체위 열 시 십 분, 홍채 촘촘한 바큇
살에 앉은 나비
잘 구운 그 황금 파이 한 조각은 눈의 식욕

열 시가 열리지 않았다는 건
열 시 약속이 살아 있다는 속말
닫히지 않은 풍경의 생장점, 비상구

어떤 열 시 십 분은 그러나 밤 벚꽃 광장에 열 시 십 분

의 어둠으로 멎어 있다

　나비가 날지 않는 봄, 손가락으로 V마크 그리며 멀쩡
게 웃는 열 시 십 분의 인증샷

　꽃 핀 나무에 매달려 끙끙끙 태엽 되감는 시간 벌레를
본 듯도 하다

　＊ 시계 광고에 자주 쓰이는 시곗바늘 위치.

별

1

야생의 어린 고독 한 마리 달려가네, 죽은 척하는 초원
을 돌멩이마다 옮겨 심으며.

쫑긋한 귀 파란 눈이 그가 가진 야생의 증거.

봄에 태어난 야생은 겨울 무렵 성년이 된다 하지. 자라
면서 꼬리 털끝이 까맣게 변했다.

사람 가까이서 자라 시장 거리 소상인처럼 자주 소심
하지만

그는 길들여지는 법이 없다. 불쑥 저를 드러낸다.

애인은 넓은 초원에서 휘파람으로 야생을 부르는 소
년, 소년은 여름 동안 서둘러 성장하려 한다.

감정 복사에 능한 꽃들의 날씨와 햇빛 알레르기 앓는
발자국이 그의 먹잇감이기 때문.

바람이 바람을 지켜주는 동안 창문 곳곳에서는 봄이
끝나고.

2

구름에서 뛰어내리는 비의 무사들이
덮개 없는 삼륜차에 옮겨 타고 낯선 마을로 간다.
살아남은 모닥불 곁에서 소년이 몸을 말릴 동안
허기진 야생이 거위와 양을 물고 가네.
애인은 그를 쫓아 눈가루 날아가 쌓인 지붕까지 가
려나.
우리는 바위 벽 굴속에서
새끼를 껴안은 그의 밤을 함께 훔친 적이 있다.

묵독 파티

이곳의 약속은
'오직 고요할 것'

블라인드 틈으로 스며든 그늘이
탁자를 삼키고
꽃병뿐인 액자를 삼킨다

침대 위에는
읽다 펼쳐둔 책처럼
그의 벗은 엉덩이가 있다

모서리 희미한 창문에다
새들이 홍강의 남은 빛을 베껴 넣는다
소리의 그늘까지가 빛의 유희인가

숨소리는 내가 읽은 드물게 에로틱한 페이지
간빙기의 따뜻함이 조금
세속적인 저녁 기도에 녹아든다

우리가 모래의 책이라면
그의 엉덩이를 펄럭이는 사구라 해도
이상하지 않다

석고 가루와 물을 굳혀 만드는 입체 조형물처럼
그의 엉덩이는
내가 안경 없이 읽고 싶은
뜨겁고 서늘한 페이지들

동요하는 세계에 대한 고백처, 이곳은
우리가 방문한 언덕 마을의 태연한 하루

사막에는 안전 기지가 없다네
나는 내 사랑을 복제한다

우편함 속의 꽃씨

휴일의 우편함은 새들의 사금고私金庫였나
오늘 훔친 편지에는 맛있는 애벌레 대신 일곱 개 발톱
이 들어 있었다

행운을 숨겨둔 주사위 조각이든가
불 꺼진 초원에서 흘러나온 탄피인가 했다

겨울 쪽으로 망명한 까치밥나무 것일지도 몰라
내 눈동자 긋고 간 검지 발톱달 것일지도 몰라

손톱이 가진 손가락들처럼
백지의 공터로 갈림길 벋는 난감한 발톱들

창문에 징 박힌 별처럼 암막 커튼의 미간에 달아놓을
까 했다
고양이의 발톱집에 감춰둘까 했다

잠결에 맨발 차림 웬 새가 발톱을 찾으러 왔네
발톱 모양 부리에 갈고리눈 하고서

DMZ

블록과 블록 사이에서 햇빛으로 어두워지는 골목들

죄수처럼
허리 묶인 비무장의 바람이 초록에 갇혀 시든다

등도 아닌 가슴에 날개 문신을 한 천사가
식어 얼어붙은 열점을 맨발로 통과한다

통점이 통점을 알아보지 못한다
자란다
장미와 지뢰를 혼동하는 담장들

2부

주걱

나의 손에 손목 잡힌 얄따랗고 단단한 슬픔입니다.

손거울 보듯 들여다봅니다.

누군가요? 유령처럼 눈 코 입이 없는 이 얼굴은.

얼굴이 아니면

손가락 없는 손바닥, 발가락 없는 발바닥,

손가락 대신 발가락 대신 몇 개의 현을 빌려준다면 그의 몸 비파족族의 악기라도 될까요.

울림통이 없으니 들리지 않는 노래 될까요.

듣지 못하는 귀 될까요.

젖은 그의 손목을 놓친 적이 있습니다.

달

분기공처럼 열린 그 입속으로 얼핏 노랑의 안쪽이 보
였다
  폭로하는 심장처럼 노랑이 한꺼번에 쏟아지는 일은 없
었으나
  사랑이 나쁜 손님으로 들이닥쳤다
  방값을 내밀지 않아도 마음이 마음에게
  새 이불을 내어줄 때가 있다

  내가 손을 내밀 때마다
  그는 몇 개의 얼굴을 등 뒤로 감춘 채
  잠든 것도 깨어 있는 것도 아닌 그림자에 가까워진다
  그림자는 커튼과 섞여 있다
  커튼의 뜯어진 틈새로 노랑의 바깥이 보였다

  내일을 질투하는 늙은이처럼 그는
  시간의 홀대를 참아내며
  일몰이 비껴가는 창에서 하루 중 풍경이 가장 아름다
워지는 순간을 조작한다
  나는 황금 사막의 만취한 술잔이다 술잔에다 물소리를
새긴다…… 중얼대는 떠돌이의 눈먼 목소리로

광장

여름마다 풀 비린내 쏟아내던 그 숲, 광장이 되어 있
었다.

비 구름 바람이 후렴구처럼 따라와 새 떼를 모으고 있
으니
나는 이 몇 얼굴로만 광장을 읽으려 해.

눈 오는 저녁
공장을 나온 이웃들 광장에 모여 침묵 항전을 벌인다,
설원의 자국 없는 핏자국,
광장은 무심히 붉은 맛에 익숙해진다.

가라사대, 아침에는 여호와를 저녁에는 붓다를
끼때 맞춰 개종하는 광장의 허기,

믿음과 노래의 옷자락에서도 비린내가 나네.

개종

영원은 냉동 우주라는 말, 신도 우주도 그 안에서는 움직임 없이 꽁꽁 얼어 멈춰버렸다는 말.

웃는 너. 굴러다니는 네 영원을 통째 끌어다 냉동고로나 써야겠다고.

너는 영원이 되지 못한 것들을 냉동고에 넣어둔다.

익다 만 곤달걀을, 꼬투리로 남은 사과를, 시들기 직전의 장미를, 심장처럼 웅크린 악어거북 새끼를, 가로수 길의 거품 커피를, 나비표 유기농 영양제를, 곰팡이 앙금으로 만든 두텁떡을.

내친김에 너는 네 불량한 요리사의 비린내 나는 입술도 떼어 넣는다.

희망 온도를 극한에다 맞춘다. 웃는다.

윙윙윙 저 소리, 지구의 뒤숭숭한 자전음 같구나. 잠들수 없네 투덜대는 너.

소리가 멈추는 순간이 온다. 퓨즈가 나간 영혼의 새벽 두 시. 너는 집을 나서 다른 우주를 보러 간다. 언덕을

옮겨 다니며 금단의 행성을 찾아낼 거야, 자전거 페달을
밟는다. 입 없는 너의 요리사도 가고 있다. 너를 앞서 천
천히.

혁명의 그림자

다시 장미라는 외침이 들렸다
사방에서 술렁임이 일었고
어느새 가시들이 무성했고

걷는 일이 남아 있었다
넝쿨 같은 골목을 따라 천천히 걸었다
아는 이, 모르는 이, 걷고 있는 사람 누구도
이 길로 가면 정말 장미인 거냐고는 서로 묻지 않았다

벽보판이 된 허공에는 별의별 전단지와 스티커가 꽂혀
있었다
공기 중에 자꾸 섞여드는 낯선 얼룩들이
낯설지도 않아서

무슨 출입구인가 했으나
꿈 덩굴에 갇히는 건 더없이 위험한 일

흉터가 우리를 지켜줄 수 있을 거야,
기억이 기억의 표면에 노랗게 빛을 발라주러 따라왔다

냄새를 따라가니 꽃밭이었다
숲은 열려 있으나
꽃은 피기 전이어서 장미는 닫혀 있었다

장미는 시들면서
향기의 폭력을 쓰는 꽃,
아직 도착하지 않은 그의 민낯은
봉오리처럼
핏물 밴 붕대 속에 숨어 있는지 어떤지

시계

거울을 보니 알겠다
생소한 안점에
갇힌 나

얼굴에는
쪼갤 수 없는 점이
다섯 개, 여섯 개, 일곱 개……

쪼갤 수 없는 점들이 모여
거미줄 창을 엮을 때

나는 정체된 길 위의
난민이 된다

거울 없이
안경 없이
나를 만나고 싶다

입김의 수건으로

거울의 얼룩인 나를

닦아주고 싶다

모서리의 세계
— 숨바꼭질

1

숨을 곳을 찾아 뛰어가다 벽 모서리에 부딪쳐 넘어졌다
넘어진 그 자리, 내가 술래였나 봐
봉숭아꽃이 피었습니다 봉숭아꽃이 피었습니다……
무릎에 꽃밭 만발하도록
열 번의 주문을 다 외웠다
꽃밭 귀퉁이 부스럭거림 그치고
세상 고요했을 때
모서리가 내민 흉측한 흉터를 보았다
여기 내 자리야, 하듯 거기 그려진 낙서는
눈도 입도 아닌 채로 날 보며 씨익 웃었다
햇빛에서도 비린내가 난다는 걸 곧 알았지만
악마의 신탁처럼 이상한 그 방언을 알아들은 건 아니다
단단한 벽 모서리를 뚫고 다른 한 모서리가
얼굴 내미는 순간의 두려움,
술래였던 언니가 달려와 삼베보다 거친 호박잎으로 무
릎을 닦아주었다
머릿속에서 종일 박쥐 떼가 푸드덕거렸다

2

모서리를 악마의 숨을 곳이라 생각한 사람들이 모서리 없는 둥근 벽 성채를 지었다 합니다. 적들도 애인들도 마 각 한 점 들키지 않고 불빛 쪽으로 집 옮겨간 날입니다.

그 많은 새 떼 하나둘 지붕을 파고 날아갔어. 살집 두 둑한 내 구름은 얼마큼의 모서리를 숨긴 것이냐. 내친김 에 저녁이나 먹고 가자.

언니와 나는 낡은 접시처럼 덜그럭대며 요새要塞 모양 의 레스토랑에서 차 마십니다. 마음의 으슥한 모서리 방 에 채광창 없는 가방 던져두고.

언니들은 불란서 망사를 불망이라 부른다

불망의 부피 겨우 한 줌이구나, 어깨에 두른 불망을 벗
어 조물조물 햇빛에 빨아 너는 언니들
　나는 속이 훤히 내비치는 불망이 불만이다
　그녀들 몸에 점무늬 그늘을 만드는 불망

　불망의 표정에는 우아함과 유치함이 함께 있다
　찢어진 불망은 우리가 가진 수만 가지 질병처럼 너절
하다고 투덜대다
　달리는 자전거를 향해 손 인사를 날리는 언니들
　바람 나무 아래서 화장 지운 얼굴로 도시락을 나눠 먹
는다
　달아나는 차양 모자

　깔깔대는 그녀 얼굴에 번지는 불망의 발자국들, 거름
주고 씨 뿌리지 않아도 잘도 자라는구나
　이때토록 우리는 개망초 꽃밭을 사랑했으니

장미

그의 입에는 혀가 없다.

내가 조금씩 그것을 먹어버렸다.

이것은 조금씩 내가 말을 삼킨 것과는 별개의 일.

가시 이빨 저쪽, 방패처럼 목구멍을 막고 있는

꿈틀대는 붉은 살덩이는 그럼 무엇이냐.

질문의 방은 어항보다 깊어서

그는 지금도 빈 어항에다 허기를 봉인하려 애쓰고 있
을 것이다.

혀가 없어진 줄 모르는 그는

여전히 혀로 사랑하고 혀로 어르고 혀로 흘금댄다.

하품 가득한 그 입속에다

오늘 밤 누가 홍등을 켜두었구나

필라멘트가 끊어지지 않아도 어항의 불을 꺼버려야 할
때가 있다.

개폐기를 내리면서 나는

세상의 온 밤들이 녹아 사라지는 허구의 순간을 생각
한다.

오늘의 뉴스

이어폰으로 음악을 들으면 음악에게 영혼을 빨아 먹히
는 느낌
가파른 최면의 이 순간은 잠의 입구만큼 부드러운데

출구 없이 끼어드는 오늘의 뉴스는
갈수록 뒤가 무거운 리듬,
거칠게 떨어져 쌓인다 걸쭉한 늪이 된다

(이어폰을 뗀다)
찢어지게 귀 아픈 이 침묵은 무엇,
말발굽 모양 입 벌린 포식자의 문장이 뛰어다녀

다시는 잠들 수 없겠다 기괴한 주술이 우리를 훔쳤나
봐 빈 이어폰으로 귀를 막고 눈 내리떠야지, 까마귀 떼
깍깍대는 늪지를 걸어야 한다면……

망가진 내 귓속에서는
추문이 된 침묵과
창백한 금기인 노래의
혼배성사

컨테이너 박스

한나절 포도밭이었다 내 것이 아닌 향기에 마음을 앗겼다 한나절 민바랭이밭이었다 젖은 발목에서 부전나비가 날았다 지평선께에 꼬리를 떼고 달아나는 도마뱀이 있었다 도마뱀 꼬리 끝에 앞뒤 없이 뚱뚱한 상자 집이 있었다

빗물 받을 지붕은, 처마는, 어디?
새가 앉을 의자 하나 없는 집이네
바람 지팡이 끝에 문고리를 매단 채
몇 바퀴째 이 이상한 직선의 미로를 뱅뱅 돌 때
열려라 참깨!
커다란 뿅망치를 든 꼬마가 (어디서부터 따라왔니? 만능 수리공 같다 애)
기둥도 없는 벽을 땅 땅 땅 두드리고 뛰어가네

머리 위에서는 구름 변기 물 내리는 소리
악취 쌓인 모서리는 벽들의 공공연한 비밀이라지
오늘이 제 모서리 끝에 화분을 걸어 모서리의 독毒을 감추네

11월

골드러시의 유적지로
불친절한 위로처럼 흘러드는 잠.
남은 빛의 뒷모습이
얼룩의 형태로 찍힌다.

다른 틈에서도 오늘은 정류장이거나 빛 메아리거나,

내간과 외간이 적을 잊고 한 침대에서
마구 다정해져서
색들이 잠시 선명해진다.
열려 있는 서쪽 문과
벼랑에 매달린 기다란 길.

잡지책 두께의 메뉴판을 든 허기가
눈동자에 고인 열기를 털며 식당으로 들어선다.
굽 높은 구두에서 맨발로 내려선다.

체중 조절에 실패한 내일이
멎지 않는 딸꾹질을 들고

딱딱해진 횡격막 부근을 기웃거린다.

사물들 그림자에서 힘줄이 도드라진다.
얼마간 더
햇빛의 연명 치료가 이어지겠다.

동사서독

떠날 수 있는 이의 행장은 가벼우리.
무거운 것은
먼지와 고요, 햇빛.
그리고 아마도
언젠가 꾼 적 있는 꿈을 다시 꾸는 일.
피를 스치는 바람 소리에 홀린 이들이
스치듯 마주치는 사막 여관.

  동쪽 언덕에서 기다리는 처녀는 베일보다 긴 머리칼로
표정을 다 가렸다.
  썩지도 부화하지도 않는 계란 한 바구니와 여윈 당나
귀가 지키는 하염없는 기다림, 복수.

  너는 바람을 벤다. 날 선 장검으로 눈물의 가운데를
벤다.
  밤의 이슬점에 닿기 전에 증발해 사라지는
  복사꽃 폭포. 꽃잎 대신 피가 묻어 있는 칼날.

  숨을 곳 없는 고요가 죽은 나무 밑동에 취생몽사의 줄

음을 쏟는다.

　환각의 칼끝이 잠을 스칠 때

　피복이 벗겨진 햇살에서 불꽃이 튄다. 세월이 탄다.

　지워지는 모래의 문지방들.

　다른 곳에서는 여자와 나와 기다림이 같은 운명으로
늙어간다.

　깨진 칼날이 다시 거울이 된다.

공상은행

공상을 환전해주는 창구가 있습니까

공상은 살아 있는 현물 화폐,
아무리 가벼운 것이라도
붉은 돗자리 석 장 값어치라 들었습니다
동물인지 식물인지 분명하지 않지만
찬 공기가 땅을 적실 때 그 모습 드러냅니다
사람들은 소몰이하듯 긴 목줄을 던져 공상을 사로잡
지요
우리에 가두고 번호를 매깁니다
통장을 만드는 일이 그러한가요
어린 공상은 배고픔에 쫓겨 울타리를 넘은 양처럼 수
선스럽습니다
물 주전자가 끓는 부엌으로 뛰어들기도 합니다
늙은 공상은 도깨비처럼 의뭉스러워
몽상으로 흩어지거나 명상으로 눌러앉기도 합니다
동전처럼 굴러다니는 공상도 있습니다
햇빛이 남반구에 머무는 동안
어머니는 기도를 위해 선반의 놋그릇을 꺼내 닦습니다

겨울은 천천히 흘러갑니다

더 추워지면 공상은 얼어 죽고 맙니다

꿈이 바닥나기 전에 나도 통장을 만들어둬야 합니다

공상 하나가 땅에 떨어져 썩지 않으면 한 알 그대로 남

고, 썩으면 많은 열매를 맺으리, 동상이몽의 공상들이

공상을 불러 이자 놀이나 하잡니다

여백 없는 통장처럼 빽빽한 거리

아무개 씨가 공상은행* 가는 길을 묻고 있습니다

* 세계 최대의 은행이라는 중국 공상은행에서 착안.

소금 우체국

지구만 한 분화구에 바닷물 모두 담아 졸인다면 바다
는 사라지고 소금 바위만 남을 테지. 그걸 한 방울 눈물
이라 우기자

거기 굴을 내며 소금을 캐는 이들이 있었다. 그이들의
노동이 삼 천 개의 방과 소금 샹들리에 빛나는 성당과 지
하 우체국을 품은 소금 동굴*이란 설이 있다

내 눈물 속에도 미로 같은 갱도와 밀실과 붉은 우체통
이 있다

울보였던 어린 언니는 때 없이 눈물 독을 채웠다. 그
눈물 볕에 말렸더니 일생의 밑간으로 쓸 만한 소금양. 오
줌싸개 동생이 키 쓰고 얻어온 것에 비길 바 아니었다

언니의 잘 마른 눈물 독에는 그때 만든 소금이 덩이덩
이 달려 있다. 나 그걸 얻어 소금 새를 조각한다

마감 무렵 우체국에서 바다로 간 네게 엽서를 부친다.
너는 눈썹 처마 밑에 소금꽃 바다를, 일렁이는 화평선
花平線을 금줄처럼 걸어두었다. 소금 나무를 잊고 내게로

와서 알을 낳는 새

* 폴란드 비엘리치카의 소금 광산.

비밀

우리는 이것을 세상에 없는 봉황의 알이라 불렀다
돌의 항문에서 굴러떨어진 돌알이라고 불렀다
돌이니 알이니 머리를 내보이렴 그렇지 않으면 구워서
먹으리, 귀 없는 몸들
맥반석 계란처럼 누렇게 굴러다니곤 했다

죽었니 살았니 곤두선 몸들
만져보면 촉촉했다 까맣게 손때 탄 껍질에는 나 모르
는 돌의 낮 알의 밤
짐승을 지나는 씨앗 한 마리 거기 있나 난황 같은 등
켜고 흐린 잠 들어 있나
자라는 가지뿔에 화살을 걸어 오동꽃 향기 날려 보내
오고 있나

3부

타임스위치

소나기를 넣으면
무지개로 구워져 나오는 공터라는군.

거울에 지퍼를 달아 여닫으며 노는 소녀들 앞에
사향제비나비가
느린 동작으로 날고 있다.

암회색 나비 스커트 아래 조금 드러난 발목이
매혹적인 방황의 예고 같아서

그녀의 날개 한쪽, 기도의 반대쪽으로 걸어가는
네 옷자락에 꿰매두고 싶다.

마음에 박힌 돌멩이를 꽃이라 해본다.
꽃에 걸려 넘어진다.

두 개의 탈

늦대 탈을 주워 쓴 겁 없는 숫양이 두리번두리번 목장 울타리 넘어 늘대 산 쪽으로 가고 있었다지.

그때 양의 탈을 둘러쓴 배고픈 늘대는 슬금슬금 양들의 목장으로 가고 있었어.

길 가운데서 둘이 딱 마주쳤다지.

본 척 만 척 태연히 지나쳐 가지 못하는 양의 안쪽에 뿔도 아닌 묘한 것이 뾰죽, 돋아났다지. 뾰죽한 그것이 늘대 탈 뒤에서 늘대를 흉내 냈다지.

"맛있게 생긴 양이잖아, 널 먹어야겠어 컹컹!"

"똑똑히 봐 친구, 실은 나 늘대야!" 얼결에 양을 벗어 버린 늘대가 홱, 길을 돌려 가버렸다지.

'잘도 속네……!' 으쓱함 잠시, 양의 몸은 식은땀 범벅. 어느새 늘대를 벗어 던졌다지. 걸음아 나 살려, 황황히 목장을 향해 달리는 중이라지.

으스름달밤, 길바닥에는 두 개의 탈이 멀뚱멀뚱 서로를 보고 있다지.

서명하는 손들이

한 손은 거대한 서막,이라고 쓰고 한 손은 끝없는 사막,이라고 읽습니다

회색 산 눈 녹은 물이 오아시스를 만들기도 했다고

숨은 어느 손은 잃어버린 호수를 찾아 침대에 쌓인 모래를 퍼냅니다

옛 왕국을 움직였다는 황사 바람이 애인들을 지우고

사륜의 공기 바퀴를 굴리며 오네요 낙타풀 꽃다발을 던지며 환의 땅을 지나네요

잠들지 못한 남은 손은 책상 등 앞에서 진물 묻은 안경알을 닦습니다

저 손들 모두 천수 천안의 어두움을 쥔 건가요

기억을 미끼로 꽃잎들은 우리 없는 우리 땅에 인질로 남았습니다

가로수 가지에는 비 맞는 파란 입술, 식은 풍선

나무에 노란 리본을 매다는 작은 손은 누구 것인가요

'우리'라는 말의 우리

좁게는 이것은 크기와 두께가 다른 여러 개 무늬목 판자와 철제 바구니, 작은 나사못, 스프링, 손잡이용 장식고리, 경첩 등의 부품으로 이루어진 장롱 같은 것이다

그럴싸한 앞면과 어수룩한 뒷면, 엇비슷한 좌우, 컴컴한 바닥과 먼지 쌓인 천장을 가졌다

이것 속에는 겉옷 속옷은 물론 양말짝, 실, 바늘, 가위, 물하마, 헌 지갑, 서류 뭉치의 잡동사니까지 다 있다

뜻하지 않은 내방객이 닥쳤을 때는 후다닥 이것으로 뛰어들어 겁 많은 사슴처럼 몸을 숨길 수도 있다

오늘 아침 나는 이것의 문을 열다 바닥에 구르는 나사못 두엇을 우연히 발견할 수도 있다 녹슨 스프링을 손바닥에 주워 올릴 수도 있다

대체 어디인가, 이것 속에 머리라도 들이밀고 살피지만 부속 한둘 빠져나간 틈은 쉽게 눈에 뜨이지 않는다

뭐 어떨라구, 보이지 않으니 아직 문제없는 것이다

그렇게 태연히 이것은 제 몫의 구실을 한다

몇 년은 더, 아니 보다 더 오랫동안이라도 삐걱삐걱 어떻게든 '관계'를 버텨주는 벽으로 서 있을 것이다

동작

뒤꿈치 들고 계단 오르기

꽃잎 말고 꽃 색깔 민무늬 카디건 깔고 앉기

눈 감고 어깨춤 서른 번, 춤을 멈추었을 때 삐뚜름히 올라간 어깨 쪽 겨드랑이에 얇은 핸드백이나 연두 그림 자 몇 장 끼우고 걷기

죽은 벌레처럼 누워 공중으로 두 팔 뻗어 올리기

가볍겠다 이것은,

휘어진 골반을 교정하는 방법이 아닌

햇빛의 늪 무사히 건너기 위한 봄날 우리들의 감정 결사

거미줄 2

골목을 공기 우물이라 부르는 마을이었다
골목을 무한꽃차례라 부르는 창문이었다

이슬을 모으는 사유지의 우편낭
나무가 없는 들판으로 도착하는 나비들

골목은 골목에서
간신히 놀고 있네
소실점을 얼굴에 둔 그림처럼 눈동자 안으로
흔들리며 걸어가는 골목들

빈방에 저를 가두고 굳이 빠져나오려 않는 생활이 있다
— 열어줘,
흐름 속으로 달아날 수 있게,

내다보면
가까이에 마른 꽃 화분을 든 이가 서 있었다

어두워지는 우물천장을 열어

상승기류를 타고 멀어지는 새들이 있었다

커피 술

커피집 친구 곁방에서 술 마십니다. 얼룩을 오아시스라 우기다 잠든 그녀의 정수리에 남은 술잔을 쏟을 뻔했어요. 더운 술로 목구멍 축인 화분 꽃이 홀짝홀짝 빛을 게우네요. 꽃이 꽃을 떨치며 그림자를 풀어주네요.

건배를 모르는 우리 사이 술 약속은 커피보다 쓴 농담일 테죠. 술맛 모르는 내가 술 노래를 주절대는 건 본 적 없는 커피 농장 아이의 노동을 떠들기만큼 무례한 주정이고요.

취한 이들끼리 잔을 들고 불공정한 커피 사랑을 떠들 때 방이 열립니다. 졸고 있던 친구 손이 가만히 커피콩 봉지를 쥐여주고 가네요.

이것으로 술을 담급니다. 술병에서 향기의 숙박지라는 속삭임이 들립니다. 검은색으로 익을 동안 잠을 자둬야겠어요.

방언

핏덩이 진 마음을 손에 들고 떠듬거리다 미로 같은 혓바닥 위에 마음을 내다 버리고 온 날이다

젖배 곯은 마음이 마음마음마…… 꿈틀거리며 음마 쪽으로 기어간다

……그러니까 음마 여기 살고 있었던 거네, 마음의 냄새 지문이 엄마였던 거네

음마음마 이것은 내 붉은 손 잡아준 배냇적의 말, 모음 삼각도 탯자리를 짚고 걸음마 떼던 소리

울음 그친 내 맘에게 엄마라 불러보는 날. 안겨오는 늙은 모음들, 알처럼 먹먹해서

궤도

시운전 중인 전동차 유리에 비친 오후가 외계 행성 표
면처럼 꺼칠하다
은퇴기의 햇덩이가 빈 의자에 있었다
유곽의 뒷문처럼 짧게, 짧게, 공중 해안을 여닫는 자
동문

모래가 주식인 이곳 사람들도 위장보다 두꺼운 모래주
머니를 품고 있다
주머니 속에서 모래와 함께 삭아 걸쭉해진 햇빛이 아
이들의 밥,
모래보다 소화하기 힘든 것이 구름이라는 말도 있다

슬러지 빛깔의 구름을 삼킨 광장 비둘기가
콘크리트 숲을 느린 걸음으로 돌고 있다

"익숙한 것들과 결별하세요—", 스마일 대구 광고탑
아래서
어떤 비둘기는 백 년 전에 이 지상을 아주 떠났다는 여
행비둘기*를 기다린다

* 20세기 초에 멸종했다는 야생 비둘기.

책

눈의 만찬에 초대받았다
눈이 내리는 식탁에 앉아 있었다 눈은
호흡하는 고요의 안팎,
끝없이 다른 공간의 숨이 흘러드는 거였다

눈 위에 날개 그늘을 만드는
조용한 흰 식탁보가 있었다
우리는 백야의 오렌지빛 태양을 기다린다오
입맛을 다시는 얼음 입술의 식기들
눈에 묻혀
사라지고 있었다

사라진 내 얼굴에다 제발
눈 코 입 따위 그려 넣지 말아줘
민얼굴의 기도 인형이
의자에 달려 울고 있었다

그치지 않는 눈,
자라는 식탁,

눈을 파고 눈 속에 잠시 몸을 기대 눕고 싶다

너는 너 몰래 식탁 밑에서 비밀을 키운다
나는 한 줌의 눈을 알처럼 만지작거린다

손에서 난쟁이 눈사람들이 태어나고 있다
사방이 지평선,
누가 먼저랄 것도 없이 우리는 각자의 눈을 피해
식탁 바깥을 향해 걷기 시작했다

수레국화

협궤는 금기의 레일이래, 행길을 변명하는 이 수레

나비 보폭의 빌딩 골목 옆 돌아 양귀비 개양귀비 어혈
처럼 뭉쳐 핀 백화제방의 둑길을 지나는 형광색 트레이
닝화 이 수레

한 수레의 진흙 비 두 수레의 소낙눈을 싣고 서열 없이
쫓아오는 계절 사이

머나먼 철환천하, 젖은 바큇살을 말리며 굼뜬 걸음 이
수레

위리안치의 섬처럼 멈춰 선 화분의

발톱 없는 수리 이 수레

수레들을 보았네

아흔의 밤을 수레에 나눠 싣고 헐거워진 안경알로 시
간 굴림대를 밀고 가는 당신

손수레 외발 수레, 동어반복의 수레들을 팔아 바퀴를
사는, 바퀴를 팔아 다시 수레를 사는 당신이었어

따라쟁이 병정개미들이 행군 가고 있는 길이었네 수레
따라 냄새 길 따라

해동

칼날에 다친 고요의
피 흘리는 틈새를 견디고 있었다.
핏기 잃은 어린 고요는 응고제 들이부은 손목을 붕대
로 싸고
우회 항로를 날아 이곳에 도착했다.
의사의 손이
끊어진 고요의 힘줄, 고요의 지동맥, 고요의 신경선을
잘 이어 붙여주었다.

얼음의 날씨를 열며 닫으며
고요의 회복기를 고요와 함께 견딜 때
날개가 품은 바람길을 빌려주던 창문, 해변들
고치처럼 웅크려 있던 휴일의 구름에서도
오래전의 편백나무가 싹을 틔웠다.

눌러 닫아둔 퍼즐 조각을 집어 올리면
실핏줄 바글대며 끓어오르는 냉점이 보인다.
네 눈동자에는 격렬한 고요의 등고선이
소용돌이로 찍혀 있다.

모자 화분

저 모자에 사람 나무 산다지
동식물이 한 몸이라는, 한 덩어리
희미한 나무

저 화분을 찾아 그는
빨강 모자 파랑 모자…… 이사 다니며 이름들을 섞었
다지
벗어 던진 노랑 모자 누가 주웠니
아무러면 어때 저 나무
고귀한 검은 모자라 새긴 표찰을
단단히 묶었으니

모자 그늘 벗을 일 없이 사철의 꽃을 피운다 하지
열매를 익히며 모자의 시절을 사는 거겠지

모자처럼 단순해서 아름다운 화분의 나날이겠지

서창 붉은 저녁의 한때
커다란 저 모자 얼핏 우물처럼 깊구나, 저이는

모자에서 흘러나온
괴이하게 길어진 자기 그림자를
신이라 믿어 경배한다지

봄날의 가면 장수

분홍의 농담에 손가락을 베였다
남국의 빨간 식탁보, 우아한 장식 의자
분홍이 그려 보낸 빳빳한 엽서를
초대로 읽은 것

분홍이 내게 준 그림은
빛의 밝은 쪽 얼굴을 그리는 화가 것이었으니
내 손가락 핏방울은 분홍이 가진 물감보다
더디 마르겠구나
나는 어둡다는 말로 얼굴을 가렸다

그에게서 사 모은 웃음이
나의 아침을 출렁이게 했다고
기억은 상한 손가락이 지우는 노랫말이 되려나

뜯어져 배달 온 소포처럼
　각기 다른 맛의 액체를 담고 머뭇거리며 식는 찻잔들
처럼
　나는 몇 개의 현재에 붙들려 있다

창이 가리고 있는 벽들이 많아져

나는 나와 쉽게

얼굴을 나눠 쓸 수 있게 되었다

붕어빵

눈 오는 밤, 이 아파트 단지 포장마차는 백악 해안을 흘러가는 보트피플 같습니다. 희박한 빛으로 떠 있습니다.

흘러간 나라의 문장紋章입니다, 비닐 막에 그린 쌍어문 그림이 화석처럼 단순합니다. 아주 낯설지는 않습니다.

지느러미가 노란 물고기 유민들이 타고 있습니다. 몸에 몸 당겨 붙여 참고 있습니다.

함정

열 길 물속을 걸어 한 길 사람 속에 닿나요
사람 속에 사람이 들어 우물을 파요
한 삽, 더 한 삽, 사막을 파요
사막 아래 진흙을 파요
진흙 아래 자갈돌을 파요
반나마 우물이 된 바닥을 파요
암반에 닿은 맨바닥까지 파고 또 파요
두레박 없는 두레박줄에 야참 대신 남은 내 그림자 달
아 내려요
우물에 그림자 두고 나 몰라 쾅, 뚜껑을 닫아버려요

우물 뚜껑 위에 낙엽이 썩고 눈보라가 흐르고
썩은 우물 뚜껑 같은 달이 뜨나요
우물에 갇혀 우물이 된 이의 엷은 물 메아리 웃음 이야
기, 이것은
그 웃음 건지려 다시 우물 뚫는 이의
앙상한 이야기

4부

로프

잠들기 전 사내는
램프의 검은 심지에 저를 묶어두었다

그의 잠은 아직 램프의 방에 속해 있다

창밖을 지나는 아가씨들의 목소리가
귓속에 한 움큼 꽃을 담아준다

잠 쪽으로 몰려가는 다정한
낯선 기류

점점 뜨거워지는, 타오르는, 심지의
로프

다급해진 사내가 공중으로 몸을 던진다
빛이 터진다

눈사람

그 몸에서 살냄새가 나는 걸 보니
당신도 니처럼 사람이 아니었군요.
들키기 전 여러 번 도망하고 싶었지만
새벽 종소리보다 먼저 나를 꺼주고 싶었지만
때맞춰 해를 켤 수가 없었어요.

회개하지 않는다는 지갑이 배를 쏠며 식당 길로 가네요.
죽은 인형을 목에 얹은 여자가 애완물 대신
나를 안아 가고 싶다 말하며 따라가네요.
그림자를 피해 도망하는 유리 울타리가
염소와 양을 혼동하는 동안
풀밭이 또 생겼나요.
봐요, 엉덩이 한 바닥에 곰팡이가 자랄 동안
다른 쪽에서는 눈이 움트는 걸.
생솔가지 흉내 당신 눈썹에는
음산한 햇빛이 불 당기려 뱅뱅이를 돌며 매달리네요.
내 삭정이 입술 안에서 풀려나오는 입김으로
거인의 벙어리장갑을 짤 수도 있겠어요.
그렇게 당신 계절과 나를 접붙이면

88

집으로 가는 회오리 계단쯤 짓게 될지도.

폭설 터미널

이때 포도주병이 깨졌다
휘발하는 취기, 붉은 눈송이들
이것은 얼음이 만든 풍경이 아니라 얼음 그것,

행인의 기분에는 계절이 없었구나 눈빛과 눈빛 사이,
진물 묻은 기억이 끼어든다
허기인지 고통인지를 뇌주려 나는 추억 대신 차비를
지불한다 한 줄 김밥으로 틈을 때울 때
의자의 긴 머리카락이 옷에 달라붙는다 저도 살아 있
다는 듯

얼룩투성이 유리문 앞에서 소년이 별무늬 풍선을 분다
풍선 우주가 부푼다
앉은자리 그대로 뒷걸음질 치는 별들, 나는 나를 유기
한다 나로부터 한없이 멀어진다

내 눈을 출발한 빛은 우주를 빙 돌아 내 뒤통수로 되돌
아온다지
꼬마야, 우리 무한 배율 망원경으로 그 빛이나 기다려

볼래?

　내가 사랑한 건 너 아니라 이 대합실이었던 거라고 적
겠다

자선의 밤, 얼음새

천사라 했습니다

천사의 쇄골 위에 별들의 환승역이 있다 했습니다

회장님소장님원장님관장님…… 님들이 아름다운 인
사말을 했습니다

배가 고파 우리는

낮게 으르렁대는 음악을 흘기며 흘금흘금

천사의 몸속을 들여다보았지요

빙원 아래에 살아 있다는 호수나 건질까 해서요

천사는 사실

굳은 날개가 무거워 보여 새처럼 날려 보낼 수 없는 짐
승이었어요

단단한 공기 벽을 쪼던 부리로

저의 옆구리에서 자꾸 깃을 뽑아 떨구고 있었어요

누군가 사랑의 뒤끝이라는 말을 주고 갔습니다

우리의 한정판 천사는 그날

가장 늦게까지 거기 남아 기다렸을지도 모르겠습니다

축제주의보

시장 거리에 회오리 분다. 뚜껑 열린 바람 항아리 속의 공중 계단이 날아. 계단 아래 수선 아저씨의 신발이 날아. 공구 통이 날아. 입 막고 뛰어가는 영미 얼굴이 날아. 따라가는 멍멍이, 음 소거의 울음소리가 날아. 동서남북이 급커브로 날아. 이벤트존 풍선 남자의 노랑 무릎이 날아. 스티로폼 상자 생선 꼬리가 날아. 일단정지 표지판이 삐딱하게 날아. 좌판 행상 파라솔이, 파라솔 옆 국수 쟁반이 하나로 날아. 수레 위의 꽃밭이 벌 나비 없이 날아. 보보 나이트클럽 전단지가 날아. 전단지 속의 그 나라가, 최루가스 속의 그 눈동자들이 다시 살아 날아. 나 모르는 토요일의 약속도 날아. 나는 것들의 뒤꿈치를 공중에 걸어둔 채 점으로 흩어지네 빗방울 나라. 종종걸음으로 건너간 지하보도에 박쥐 날개를 펼친 무더위가 날아.

사라진 우리들은
한낮의 장미만큼 어두워져서
빗줄기 아래 그 나라로 뛰어내렸나
뛰어내렸나

타임테이블
──지진

(대합실 벽면의 타임테이블은 가짓수 많은 식단표 같다)
우리는 식권을 받듯 차표를 사는 사람들 틈에 있었다

환승 정류장으로 가야 하나
샛길을 찾아야 했나
시간 요리사들의 굳은 충고를 흔들어 지우는 사이,

바람도 없는 흔들림의 시간이 뛰쳐나왔다

흡사 실연의 첫 순간이었어,
공기 막의 평온을 찢는 음속 돌파의 굉음이었어,
무릎뼈 찢어진 바닥이 땅을 놓치고 있었고,

거리에는 언제나 기억을 가리기 좋을 만큼 어둠이 있다
아스팔트 갈라진 입속으로 덩이줄기처럼 뭉쳐 자란 허
공이 보인다

제복의 푸른 작업부가 와서
입속에다 검은 콘크리트를 꾹꾹 채워 넣곤 한다

산책 일기
─상화

호수 쪽으로 간이 우편 취급소가 있어서
어린 수집가처럼
낯선 땅으로 이사한 마음이 바구니 가득 나비를 얻어
오기도 한다오

당신은 당신으로부터 걸어서 오오
오늘은 오늘로부터 걸어서 오오

먼지 쌓인 지붕 위로 파아란 비가 내렸소

빗물이 계단을 닦을 동안
먼지에 섞이는 먼지를 본다오
햇빛에 풀리는 햇빛을 본다오

산책자들의 느린 발자국을 따라온 골목이라오
그늘이 만드는 창문마다
눈 맞춤이 가능한
엷은 색안경 같은 봄이 있소

후쿠시마
— Radioactivity

잡아봐
나 잡아봐

날개 돋친 새장을 빠져나온
배고픈 저 새가,

풍경의 염통에
뇌수에
허파꽈리에
알을 까고 새끼를 치는
죽지 않는
저 새가,

부리에 유리 꽃을 문
어두운 저 새가,
잡아봐 나
잡아봐

문 열린 새장 안의

고삐 풀린 거울이

거울 안에 없는

시큰둥한 세상이

엎질러진 바다가

일식

그림자가 여럿인 너를 숲이라 할까
더 꽃피워서
이야기들을 덮는 숲

이야기를 지워도 기억은 자란다지
창이 자랄 때
바람이 자란다지
덜 마른 햇빛이 얼굴에 스미네

사라진 너의 주소가
꽃 소식에 왔다
가루받이 몸짓 나는
내 입술에 남은 너를 혀로 안는다

숲이 여문다
숲이 뛰어간다

멀리
새끼를 품은 한 마리 암컷 주머니동물처럼 너는

연애담

쉬운 꽃집에서
꽃 한 마리 주문했다, 무릎에
청개구리를 앉힌 꽃이 왔다.
소금 자루처럼 몸통 불룩한 잠이 함께 왔다.

잠과 꿈의 묵은 연대,
내 부풀린 입김으로 잠든 꽃을 불어 깨울 때
이 휴식 속에는 손 찔러 넣어 훔치고 싶은 것이 있었구
나, 자물쇠처럼 몸을 말아
빛깔들을 다시 단단히 걸어 잠그는 꽃.

'너'의 뒤를 계속 따라가기

김수이
(문학평론가)

시의 상실, 온전하지는 않은

슬픔과 공허, 햇빛과 소나기와 감정선 등을 반죽해 시를 굽는다. "마음의 육체성"(「소경」)으로만 먹을 수 있고 먹어도 먹어도 배가 고픈 시라는 이름의 빵을. 시가 '영혼의 음식'이나 '영원의 음악'이라고 믿던 시절은 과거가 되었으니, 이 일은 헛되다.

애초에 '쓸모'와 거리가 멀었던, 시를 쓰는 일마저 헛되고 헛되니 모든 것이 헛된 세계에는 "추억의 잔해가 들것에 실려 나간 공터"(「정객」)와 "영원이 되지 못한 것들"(「개종」)과 "식전과 식후를 구분 못 하는 공복"과 "스캔들을 기다리는 단물 빠진 단검" 등이 어지럽다

(「여의도」). 단물 빠진 단껌에 필적하는 단껌의 비장함이 감도는 이곳에는 "같은 시각 여기에서, 또 저기에서 발견되는 숨은 신"(「도상圖像」)들이 있고, "사라진 우리들"(「축제주의보」)이 있으며, 결국 "아무도 없다"(「여의도」).

> 더 추워지면 공상은 얼어 죽고 맙니다
> 꿈이 바닥나기 전에 나도 통장을 만들어둬야 합니다
> 공상 하나가 땅에 떨어져 썩지 않으면 한 알 그대로 남
> 고, 썩으면 많은 열매를 맺으리, 동상이몽의 공상들이
> 공상을 불러 이자 놀이나 하잡니다
> 여백 없는 통장처럼 빽빽한 거리
> 아무개 씨가 공상은행* 가는 길을 묻고 있습니다
>
> * 세계 최대의 은행이라는 중국 공상은행에서 착안.

—「공상은행」 부분

이곳은 지금 꿈과 공상이 멸종하기 직전에 있고, 공상空想과 공상工商이 구별되지 않으며, "동상이몽의 공상들이/공상을 불러 이자 놀이나 하"는 '공상은행'이 활황을 누리고 있다. 류인서는 동음이의어의 착란을 활용해 공상마저 자본의 질서에 흡수된 현실을 비판하면서, 익명의 고객 "아무개 씨"들이 활보하는 얼굴 없는 세계를 서

술한다. 시인도 이로부터 예외일 수는 없다. 물질과 거리가 먼 꿈과 공상마저 자본의 관리 시스템에 흡수된 시대에, 지난날 시가 누린 위엄을 기억하는 한편으로 현재의 시의 위축을 실감하는 시인은 어느 쪽으로도 쉽사리 방향을 정할 수 없다. 여기에는 시가 자본에 대한 최대의 저항이며 현실을 변화시키는 궁극의 힘이라고 믿어온 '문학적 세대'의 번민도 개입되어 있다.

류인서의 이번 시집은 몰락한 나라의 서책 혹은 은밀한 종교의 예언서를 참조해 현재의 길을 찾는 여정에 비유될 수 있다. 과거의 원본을 복원하는 것도, 미래의 문맥을 선점하는 것도 불가능한 '오늘'의 시점에서 여러 개의 시간으로 분열되고 통합된 '나'는 모호하고 혼란스러운 삶의 미로를 떠돈다. "몇 개의 현재에 붙들려"(「봄날의 가면 장수」), 선명한 기억도 예언도 불가능한 시간을 살아내는 자의 서사는 중복되는 내용과 비어 있는 페이지들로 혼몽하다. 이 "앙상한 이야기"(「함정」)는 "아직 덜 구워"(「빵 굽는 편의점」)졌고, "비린내가 나"(「광장」)며, 그러나 결코 "길들여지는 법이 없"(「별」)다. 삶의 이야기이지만 온전한 삶의 이야기가 아니고, 죽음의 이야기이지만 온전한 죽음의 이야기가 아니며, 시를 상실한 세계에 관한 이야기이지만 시를 온전히 상실한 세계에 관한 이야기는 더욱 아니다. 유일한 것, 확실한 것, 영원한 것 등은 아무것도 없는 지금 여기, "정체된 길 위의/난민"(「시계」)인 '나'는 여전히 국외자로 남아 집단의 서사가 누락한 것들을 구술한다. 공동체의 영혼을 관장하던 시의 역할을, 마치 공동체를 상실하고 정처 없이 떠도는 단독자의 부스러진 이야기들로 대신할 수 있다는 듯이.

물론 '나'는 시 쓰기의 헛됨을, 더 정확히는 시 쓰기를 헛된 일로 만드는 이 세계의 잔인한 계산법을 잘 알고 있다. '나'는 삶의 난민이자 존재의 난민이며, '시'라는 몰락해가는 나라의 난민이기도 한 까닭이다. 그런데 난민에게 가장 두려운 일은 헛된 일에 투신하는 것이 아니라 갈 수 있는 길이 아예 없는 것이며, 환영받지 못할 낯선 땅으로 나아가는 것이 아니라 떠나온 곳으로 다시 돌아가는 것이다. 삶의 터전을 잃은 자에게 새로운 삶의 가능성은 최저 수준에서도 최고의 강도로 열린다. 난민이 필사적으로 찾아 헤매는 것은 이상적인 나라가 아니라, 최소한의 생존과 인간적인 삶의 가능성이 열리는 다른 나라[他國]이다. 그 위험한 축복의 땅을 향해 발을 내딛는 것, 이것이 지금 시의 운명이며 역할이라고 류인서는 이야기하고 싶은 듯하다. 헛된 여정일지라도 길을 가고 있는 것 자체가 이미 축복이며, 새로운 삶은 벌써 시작되어 있다는 것.

'반복'이라는 이름의 '계속'

류인서가 빚어내는 상상적인 이미지와 알레고리들은 구술하는 '나'의 이력이 생활 세계의 이력과 그대로 일치하지 않음을 보여준다. 이곳에 살지만 온전히 이곳에 속해 있지 않은 '나'는 제도권의 언어와 낯선 이방인의 언어를 섞어서 구사한다. '나'는 유창하지만 서툴고, 억압되어 있지만 자유로우며, 현실의 질서 속에 편입되어 있지만 어떤 소속이나 수식어로도 정확히 설명되지 않는다. '나'는 생계와 일상에 골몰하는 생활인인 동시에, 멸망한 나라의 난민/유민이자 이름 없는 종교의 신도로 살아간다. 시의 세계에서나 통용될 법한, "흘러간 나라의 문장紋章"(「붕어빵」)이 어쩌면 '내'가 세상을 향해 제시할 수 있는 가장 확실한 정체성이며 신분증일 수도 있다.

류인서가 기리는 나라와 종교는 과거에 실존한 것이 아니라, 현대 문명이 파괴해온 가치와 습속들이 모여 사후적으로 탄생한 것이다. 류인서가 상상을 통해 과거형으로 구축한 이 공동체들은 인간과 삶을 말살하는 현대 세계의 폭력성을 정반대로 뒤집은 거울상을 하고 있다. 고단한 생활을 꿈 없이 견디고, 매일 자신과 타인을 무감각하게 착취하는 '우리'는 화려한 문명이 은폐하는 "피의 비밀"을 공유한다. 이 점에서 우리는 아직 망명하거나 개종하지 못한, 다른 나라와 종교의 잠정적인 시민이며 신도들이다. 류인서가 보기에, 우리가 하루하루 살아가는 일 자체로 깊이 엮여 있는 죄 많은 거리는 은밀한 예언의 묵시록이 시작되는 현장이기도 하다.

달을 주홍빛 음문이라고 쓴 시인이 있다.
지금 우리에겐 진하고 따뜻한 피를 흘리는 신이 필요하다 말한
그녀의 검은 땅, 검은 몸을 생각했다.

달을 본다.
우리가 가진 것은
버린 트렁크처럼
상한 양파 비린내 머금은 달,
숨은 지배자의 남은 모자처럼
검푸른 어둠을 방전하는 입이다.

달빛 얼룩은 이 거리의 오랜 복식이고
우리는 치마 속에 감춘 것이 많다지.
선신이 태어나기에도
짐승이 태어나기에도 좋은 지금이라고

수다스러운 거리는
피의 비밀을 서둘러 지우러 간다.

읽히기도 전에 무가지無價紙처럼 버려져 사라지는 울음.

불빛이 어둠을 파먹는 동안
달의 찢어진 입술이
공회전하는 거리를 삼키는 동안

—「싱크홀」 전문

　"선신이 태어나기에도/짐승이 태어나기에도 좋은 지금", 한 시인은 "우리에겐 진하고 따뜻한 피를 흘리는 신이 필요하다"고 말한다. 그러나 파멸의 움직임들로 "공회전하는 거리"는 시인의 소망과는 거리가 먼 쪽으로 질주한다. '선신'과 '짐승'의 두 극단의 가능성이 공존하는 거리의 운명은 지금 '시인'에게 달려 있지 않다. 공동체의 미래에 대한 시인의 예언적 사유는 "읽히기도 전에 무가지처럼 버려져 사라지는 울음" 같은 것이 되었다. 잘못은 시인에게도 있다. 시인이 '달'을 "주홍빛 음문"에 비유해 불러내려는 것은 관능적인 생명력이지만, 실제로 "우리가 가진 것"은 "버린 트렁크처럼/상한 양파 비린내 머금은 달,/숨은 지배자의 남은 모자처럼/검푸른 어둠을 방전하는 입"이다. 시인의 비유는 어딘가 어긋나 있다. 그가 전하는 메시지가 진실하고 옳은 것과는 별개의 문제다. 시인이 수립한, "지금 우리에겐 진하고 따뜻한 피를 흘리는 신이 필요하다"라는 명제는 손쉽게 폐기

된다. 시와 시인이 설 지반이 붕괴하고 있는 우리 세계의 하자와 결핍은 거리에 불시에 생겨나는 '싱크홀'들로 가시화된다. 지상에 푹 파인 싱크홀들은 하늘의 달이 시적 상상력과 불화하는 문명적 상황과도 그대로 조응한다. 그렇다면 문제의 근본적인 원인은 세계의 파행을 조장하는 현대 문명과 우리 모두에게 있다. 세계를 망가뜨려 '달'이 더 이상 "주홍빛 음문"으로 상상되거나 작동할 수 없도록 만들고 있는 것은 우리의 문명과 우리 자신이다.

류인서는 종래의 시적 사유와 예언이 힘을 잃고 있는 세계의 실상을 거리를 두고 서술한다. 이 거리는 류인서가 이전과는 다른 지점에 와 있음을 의미한다. 지금 시가 해야 할 일은 신념에 찬 희망 논법이나 묵직한 방향 제시의 강박에 이끌리지 않고 세계와 투명하게 마주하는 일이다. 바꾸어 말하면 오늘날 시적 사유는 시의 현실적 위축을 냉정히 직시하는 일을 포함해야 하며, 시인의 예언은 그 예언이 순진하고 엉뚱한 오류가 될 가능성을 겸허히 열어두어야 한다. '선신'의 세계와 '짐승'의 세계의 가능성 사이에서, 이제 시와 시인에게는 전락과 자기 불신의 몫이 추가되어 있는 셈이다.

류인서는 '선신'보다 '짐승'의 길로 기울어 있는 삶의 현장을 '놀이터'라고 이름 붙인다. '놀이터'는 너와 나, 우리와 개인, 승자와 패자 등 두 영역을 유희하듯 양분하는 현대의 삶의 방식을 압축한 알레고리이다. 현대 사회는 이 둘의 공존과 화해를 꾀하지 않는다. 시소의 "균형점을 앞에 두고 나뉘어 앉는 세계"는 분배의 이분법, 선택의 이분법, 소유의 이분법을 강요하면서 '우리'와 세계를 정확히 둘로 양분한다. 갑과 을, "떠 있는 빈자리와 쏟아지는 이의 우스꽝스러운 엉덩방아"로.

　　여기서 만났을 거다 우리
　　미끄럼틀과 시소, 혼자 흔들리는 그네, 생울타리에 기댄
　　작은 청소 수레가 속한
　　모래의 세계

　　이쪽 기울 때 너는 떠올랐니
　　우리는 평균대가 아니어서
　　균형점을 앞에 두고 나뉘어 앉는 세계
　　시소는 약속이 아니어서
　　잽싸게 무게를 버리며 달아날 수 있다
　　떠 있는 빈자리와 쏟아지는 이의 우스꽝스러운 엉덩방아,
　　이것은 갑에게서 가볍게 을이 생략되는
　　저울 놀이
　　　　　　　　　　　　　　　　　　　—「놀이터」 부분

놀이터에서 '우리'는 적대적으로 해체되고, 우리의 만

남은 을의 추락과 생략으로 종결된다. 놀이터는 너무 단순하고 폭력적인 생존 – 놀이의 규칙이 가볍게 관철되는 한국 사회를 축약한 미니어처와 같다. 류인서는 놀이터가 이제 해맑은 아이들의 세계가 아닌, "빌딩 창문에서 더 잘 보이는/어른들의 세계"(「놀이터」)라고 설명한다. 실제 현실에서도 놀이터는 아이들이 즐겁게 뛰어노는 곳이기보다는, 어른들의 물질적 타산과 만족을 위한 장식적인 시설에 가깝다. 놀이터의 본래 효용과 놀이의 본질은 현실에서 사라져가는 중에 있다.

류인서는 갑이 을을 말살하는 잔혹한 생존의 놀이터를 우리 사회의 도처에서 발견한다. "시장 거리"(「축제주의보」)에서는 생존 투쟁이라는 재난에 가까운 회오리가 무차별적으로 사람들을 휩쓸고, 사건과 사고의 뉴스 속에서는 "말발굽 모양 입 벌린 포식자의 문장이 뛰어다"(「오늘의 뉴스」)니며 약자들의 패배와 죽음을 알린다. 일상의 인간관계에서는 '우리we'라는 말이 짐승을 가두는 우리cage가 되어 개인들을 압박한다. 연대하는 선이 아닌 가두는 우리가 된 '우리'는 지금 너와 나 사이에서 "삐걱삐걱 어떻게든 '관계'를 버텨주는 벽으로 서 있"(「'우리'라는 말의 우리」)으나, 오래지 않아 무너지게 될 것이다. 이처럼 생존의 놀이터는 공동체가 와해된 자리에서 생겨나며, 극소수를 제외한 대부분의 사람을 을로 만든다. 실상은 더 참혹한 수준에 이미 와 있다고 해도 지나치지 않다. 생존 – 놀이의 시스템만이 갑이며, 모든 사람이 이미 을인.

현대 사회가 강제하는 잔혹한 삶의 놀이는 '시간'이라는 실존적 조건과 만나 더 극적인 양상을 띤다. 생존 – 놀이의 희비극성은 시간이라는 상수이자 변수를 통해 더 짙어진다. 시간이라는 절대 갑은 우리가 태생적으로 을임을 깨우쳐준다. 우리는 "꽃 핀 나무에 매달려 끙끙끙 태엽 되감는 시간 벌레"(「열 시 십 분들」)에 불과하다. 더욱이 삶의 시간은 어제와 오늘의 공존 불가 체제로 구성되어 있기에, 우리가 살아가는 시간은 언제나 '오늘'로 점철된다. 문제는 오늘이 어제와 시제만 다를 뿐 질적 내용에서 차이가 없다는 점에 있다.

> 오늘 씨를 부르면 나요, 하며 나타나는 어제 씨의 손
> 어제 씨와 오늘 씨는 시제가 바뀐 장소였네
> 눈길에 미끄러지고 추억에 쫓기는 거리
>
> —「정객」 부분

"눈길에 미끄러지고 추억에 쫓기는 거리"는 어제와 같은 오늘을 사는 우리의 무용한 수고를 우회적으로 드러낸다. 같은 오늘의 반복 속에서 부질없이 미끄러지고 쫓기는 삶은 현대의 고통스러운 생존 – 놀이가 지닌 무의미와 무가치를 생생히 증거한다. 류인서는 이를 「수레